STS

● 清音表

	あ／ア 段	い／イ 段	う／ウ 段	え／エ 段	お／オ 段
あ／ア 行	あ／ア a	い／イ i	う／ウ u	え／エ e	お／オ o
か／カ 行	か／カ ka	き／キ ki	く／ク ku	け／ケ ke	こ／コ ko
さ／サ 行	さ／サ sa	し／シ shi	す／ス su	せ／セ se	そ／ソ so
た／タ 行	た／タ ta	ち／チ chi	つ／ツ tsu	て／テ te	と／ト to
な／ナ 行	な／ナ na	に／ニ ni	ぬ／ヌ nu	ね／ネ ne	の／ノ no
は／ハ 行	は／ハ ha	ひ／ヒ hi	ふ／フ fu	へ／ヘ he	ほ／ホ ho
ま／マ 行	ま／マ ma	み／ミ mi	む／ム mu	め／メ me	も／モ mo
や／ヤ 行	や／ヤ ya		ゆ／ユ yu		よ／ヨ yo
ら／ラ 行	ら／ラ ra	り／リ ri	る／ル ru	れ／レ re	ろ／ロ ro
わ／ワ 行	わ／ワ wa				を／ヲ o

注意：發音上「お」與「を」相同。

● 撥音表　ん／ン n

● 濁音、半濁音表

	あ／ア 段	い／イ 段	う／ウ 段	え／エ 段	お／オ 段
が／ガ 行	が／ガ ga	ぎ／ギ gi	ぐ／グ gu	げ／ゲ ge	ご／ゴ go
ざ／ザ 行	ざ／ザ za	じ／ジ ji	ず／ズ zu	ぜ／ゼ ze	ぞ／ゾ zo
だ／ダ 行	だ／ダ da	ぢ／ヂ ji	づ／ヅ zu	で／デ de	ど／ド do
ば／バ 行	ば／バ ba	び／ビ bi	ぶ／ブ bu	べ／ベ be	ぼ／ボ bo

注意：發音上「じ」與「ぢ」相同，「ず」與「づ」相同。

| ぱ／パ 行 | ぱ／パ pa | ぴ／ピ pi | ぷ／プ pu | ぺ／ペ pe | ぽ／ポ po |

-Preface 前言 -

**用盡各種方法，
就是要您沒有壓力的記住假名 50 音。**

日語假名，說穿了就是從國字來的，國字用形狀來記最

快了。

這些形狀藏著假名的真實身份，想揭開秘密，

就馳騁您的想像力，著色後，把假名吹入生命，一個

專屬於您的假名就出現了！

託我們老祖先的福，假名就這樣輕鬆記住啦！

特色

★史上第一本抒解壓力的 50 音學習書

★透過著色後揭開假名的真實身份

★透過字源，輕鬆記住 50 音

-Contents 目錄-

あ行

安 ▸ あ ▸ あ

以 ▸ い ▸ い

宇 ▸ 宇 ▸ う

衣 ▸ 衣 ▸ え

於 ▸ お ▸ お

ア行 STEP 1 跟著字源聯想，找一下假名會藏在哪裡？
答案請看「STEP6」解答

阿 ▸ 阿 ▸ ア

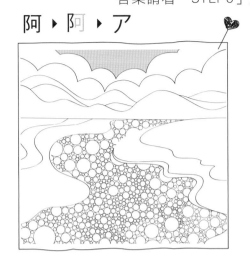

伊 ▸ 伊 ▸ イ

宇 ▸ 宇 ▸ ウ

江 ▸ 江 ▸ エ

於 ▸ 於 ▸ オ

あ

女人靜靜地坐在家裡！看起來很安心吧！

所以是「安穩、和樂」囉！

6

ア

山或河岸彎彎曲曲的地方喔！
是「彎曲處」的意思。

い

人拿著東西，有「用…」的意思。只是，不知道要幹什麼呢？

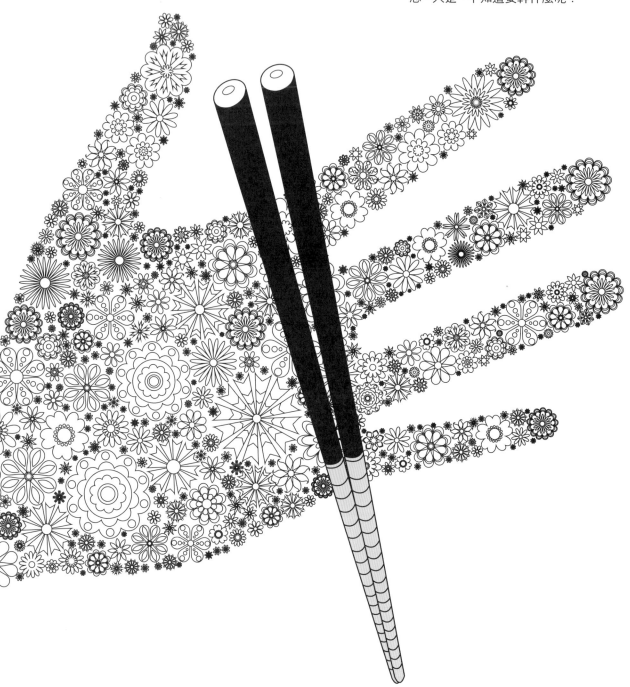

イ

人拿著棒子，本來是長官之意。
又變成「他」的意思。

う・ウ

一個家的屋簷，好溫馨喔！「屋內、家」的意思呢！

え　原來是衣服的領子呢！好記吧！
　　意思是「衣服」喔！

工 貫穿陸地的大川。

お・オ

這可是烏鴉的形狀呢！

用在感嘆的時候。

13

STEP 1　跟著字源聯想，找一下假名會藏在哪裡？
　　　　答案請看「STEP6」解答

加 ▶ か ▶ か

幾 ▶ 筬 ▶ き

久 ▶ く ▶ く

計 ▶ け ▶ け

己 ▶ こ ▶ こ

STEP1 跟著字源聯想，找一下假名會藏在哪裡？
　　　答案請看「STEP6」解答

加 ▶ 加 ▶ カ

幾 ▶ 幾 ▶ キ

久 ▶ ク ▶ ク

介 ▶ 介 ▶ ケ

己 ▶ 己 ▶ コ

か・力

「力量」加上「口才」也就是很會說話啦！
「加上」的意思。

き・キ

人差點被戈砍到了，「絲」是差一點的意思。哇！好險！本來是「預感」。
後來是「接近」的意思呢！

く・ク

人被後面的東西拉住，停在那裡。「很久」的意思。

け 把分散的東西，集中在一起計算，再進行說明。「計算」之意。

ケ

人在「八」的中間。所以就有
「隔開」、「介入」的意思囉！

こ・コ

哇！線團自己跑出線頭來啦！

本意是「開始」轉變成「自己」的意思。

さ行

STEP 1 跟著字源聯想，找一下假名會藏在哪裡？
答案請看「STEP6」解答

左 ▶ き ▶ さ

之 ▶ し ▶ し

寸 ▶ す ▶ す

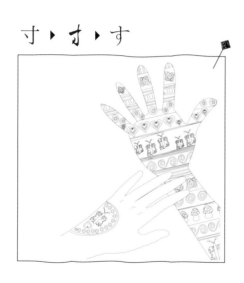

世 ▶ せ ▶ せ

曾 ▶ そ ▶ そ

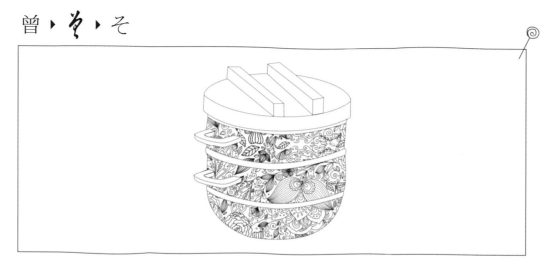

STEP 1　跟著字源聯想，找一下假名會藏在哪裡？
　　　　答案請看「STEP6」解答

散 ▸ 散 ▸ サ

之 ▸ 之 ▸ シ

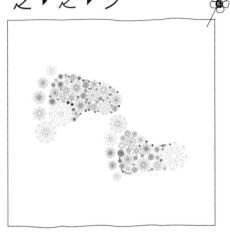

須 ▸ 須 ▸ ス

世 ▸ 世 ▸ セ

曽 ▸ 曽 ▸ ソ

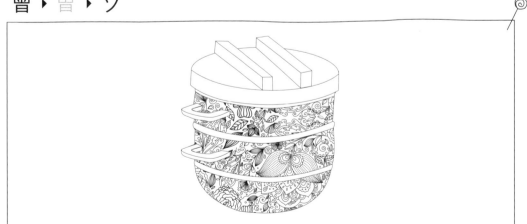

人左手拿著工具。
有「左邊」和「輔佐」的意思。

サ　　手拿著竹子切開。本來是「分裂」。引伸成「分散」。

27

し・シ

像人往前走的腳印。借用為「的、這個」之意。

寸

伸出手來把脈。

後來變成長度的單位。

哇！是長滿鬍子的臉呢！原來是「鬚」字。被借用成「等待」喔！

せ・セ

三個十年，下面用線連起來。三十年的意思囉！

そ・ソ　蒸籠疊在一起。有「覆蓋、重疊」的意思。

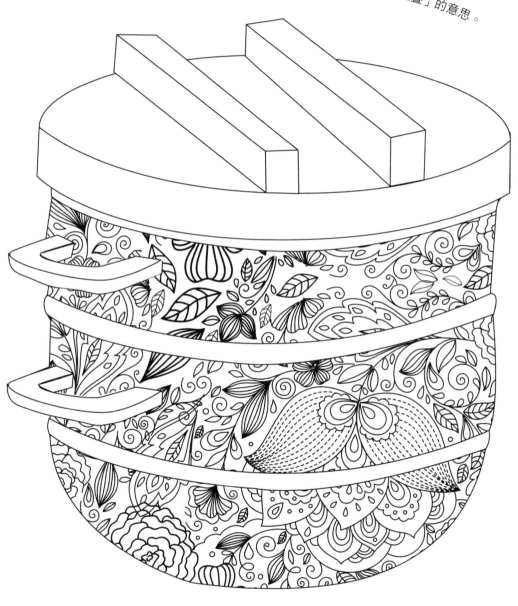

た行

太 ▶ た ▶ た

知 ▶ ち ▶ ち

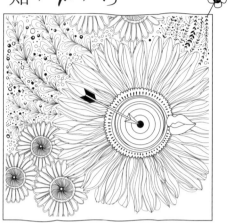

川 ▶ つ ▶ つ

天 ▶ て ▶ て

止 ▶ と ▶ と

夕行

STEP 1 跟著字源聯想，找一下假名會藏在哪裡？
答案請看「STEP6」解答

多 ▸ 夕 ▸ 夕

千 ▸ 千 ▸ チ

川 ▸ 川 ▸ ツ

天 ▸ 天 ▸ テ

止 ▸ 止 ▸ ト

ㄗ　好像兩塊牛排疊在一起，看起來是不是「很多」呢？

ち　正中目標，又能說得準確。就表示能「明白、理解」了。

チ　「十」上面加上「一」就是千了。

つ・ツ　　陸地上有水在流的樣子。

て・テ

一個人「大」字擺開，上面有「一」畫，表示天。意思是「最上、最高」。

と・ト

形狀像腳印，腳印停在那裡。就是「停止」囉！

な行

STEP 1 跟著字源聯想，找一下假名會藏在哪裡？
答案請看「STEP6」解答

奈 ▶ 𛀆 ▶ な

仁 ▶ 𝇌 ▶ に

奴 ▶ ぬ ▶ ぬ

祢 ▶ 祢 ▶ ね

乃 ▶ 𛀑 ▶ の

ナ行

STEP 1 跟著字源聯想，找一下假名會藏在哪裡？
答案請看「STEP6」解答

奈 ▸ 奈 ▸ ナ

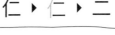

仁 ▸ 仁 ▸ ニ

奴 ▸ 奴 ▸ ヌ

祢 ▸ 祢 ▸ ネ

乃 ▸ 乃 ▸ ノ

な・ナ 「奈」是蘋果類的樹，牛頓看蘋果掉下來，產生了疑問。

に

一個「人」，再加上像父母疼惜孩子的樣子
「二」，表示人與人「相親相愛」呢！

二

也可以這麼想，有二個人在那裡。

ぬ・ヌ　女人用手在工作，像不像三從四德的女人。那就是「順從」了。

人跪在神明前面，跟神這麼靠近。於是就有「順天意」之意囉！

ね・ネ

の・ノ

弓箭的弦鬆掉了，好像有什麼話要說。

於是借用成「也就是說」啦！

は行

波 ▸ 皮 ▸ は

比 ▸ 比 ▸ ひ

不 ▸ ふ ▸ ふ

部 ▸ 邻 ▸ へ

保 ▸ 保 ▸ ほ

八行

STEP 1 跟著字源聯想，找一下假名會藏在哪裡？
答案請看「STEP6」解答

八 ▸ 八 ▸ ハ

比 ▸ 比 ▸ ヒ

不 ▸ 不 ▸ フ

部 ▸ 部 ▸ ヘ

保 ▸ 保 ▸ ホ

は　傾斜的水面。這裡的「皮」本來是「頗」，有傾斜的意思。

54

八　　兩個背對背的人，要「分開」啦！後來借用成數字「八」。

ひ・ヒ

兩個人站在一起，看誰比較漂亮。所以有「並列、比較」的意思囉！

ふ・フ

花房膨脹得太厲害了，那就不好啦！

所以「否定的助詞」都用它。

57

ハ・ハ

佃農跟地主分得一些土地，好辛苦喔！
因此，有「部分」「區分」之意。

ほ・ホ

人背著小孩。很明顯的，就是「養育」囉！

STEP 1 跟著字源聯想，找一下假名會藏在哪裡？
答案請看「STEP6」解答

末 ▸ 末 ▸ ま

美 ▸ 美 ▸ み

武 ▸ む ▸ む

女 ▸ め ▸ め

毛 ▸ 毛 ▸ も

マ行

STEP 1 跟著字源聯想，找一下假名會藏在哪裡？
答案請看「STEP6」解答

末 ▸ 末 ▸ マ

三 ▸ 三 ▸ ミ

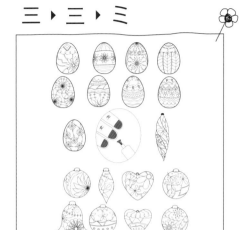

牟 ▸ 牟 ▸ ム

女 ▸ 女 ▸ メ

毛 ▸ 毛 ▸ モ

ま・マ

樹木最上面的部分。不用說
那就是「樹梢、末端」啦！

み

「羊」跟「大」，可是肥美的羊呢！
用它來拜神是最好不過了。所以是
「好、美」的意思呢！

大

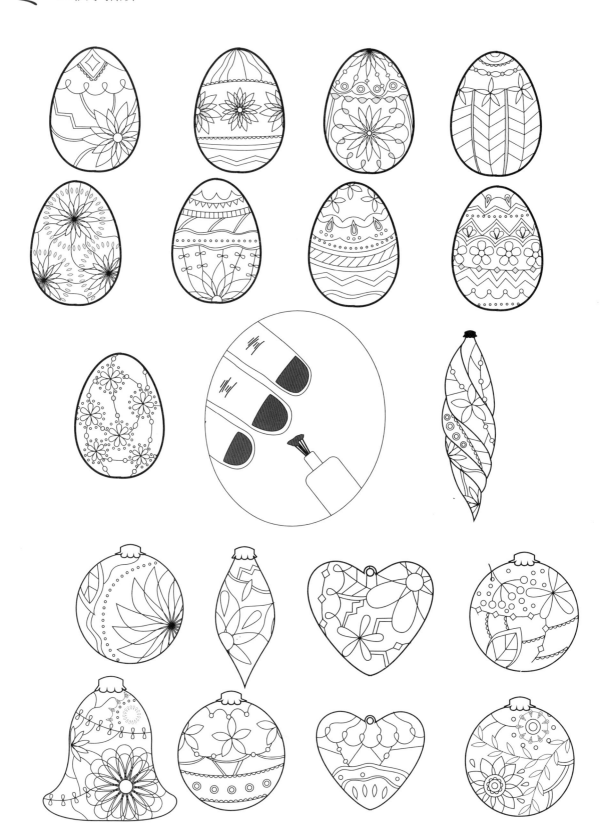

む

武士拿著武器往前走，
哇！要打仗了！
是「武力」的意思。

ㄙ

「ㄙ」是牛的叫聲，叫得好大聲喔！好像要什麼呢！有「獲取」的意思。

め・メ

一個女人靜靜地在那裡。「女人」的意思。

も・モ

獸類身上的毛，毛茸茸的樣子。

や行 | **STEP 1** 跟著字源聯想，找一下假名會藏在哪裡？
答案請看「STEP6」解答

也 ▶ や ▶ や

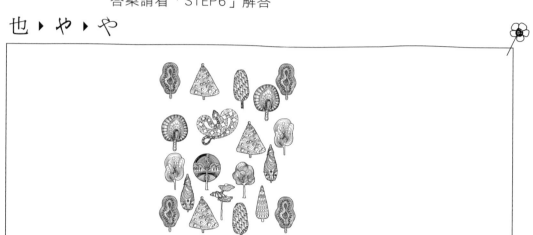

由 ▶ ゆ ▶ ゆ

與 ▶ 与 ▶ よ

ヤ行	STEP 1 跟著字源聯想，找一下假名會藏在哪裡？
	答案請看「STEP6」解答

也 ▸ 也 ▸ ヤ

由 ▸ 由 ▸ ユ

與 ▸ 與 ▸ ヨ

や・ヤ

像蛇的形狀。借用成疑問、感嘆的用詞。

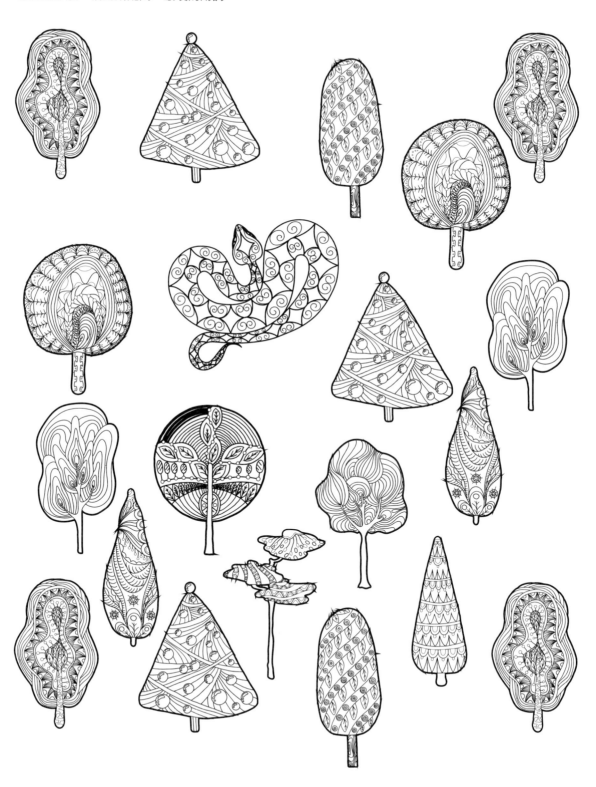

ゆ・ユ

脖子很細的酒壺。後來被借用成為「理由」的意思。

よ・ヨ

「與」的古字，幾個人雙手往上抬，還一邊吆喝著，
好熱鬧喔！表示「共事」，轉為「給予」的意思。

STEP 1 跟著字源聯想，找一下假名會藏在哪裡？
答案請看「STEP6」解答

良 ▸ 𛀙 ▸ ら

利 ▸ 𛀚 ▸ り

留 ▸ 𛁂 ▸ る

礼 ▸ 𛀪 ▸ れ

呂 ▸ 𛁛 ▸ ろ

ラ行

良 ▸ 良 ▸ ラ

利 ▸ 利 ▸ リ

流 ▸ 流 ▸ ル

礼 ▸ 礼 ▸ レ

呂 ▸ 呂 ▸ ロ

ら・ラ　穀類經過篩子篩選過，可以選出更好的呢！有「更好」的意思。

拿著鐮刀在田裡耕作，收成一定很好囉！

所以有「銳利」跟「有益」之意呢！

る

把田地圍起來，「卯」是圍繞。這樣就可以長久的保留起來。所以是「停留、保留」的意思。

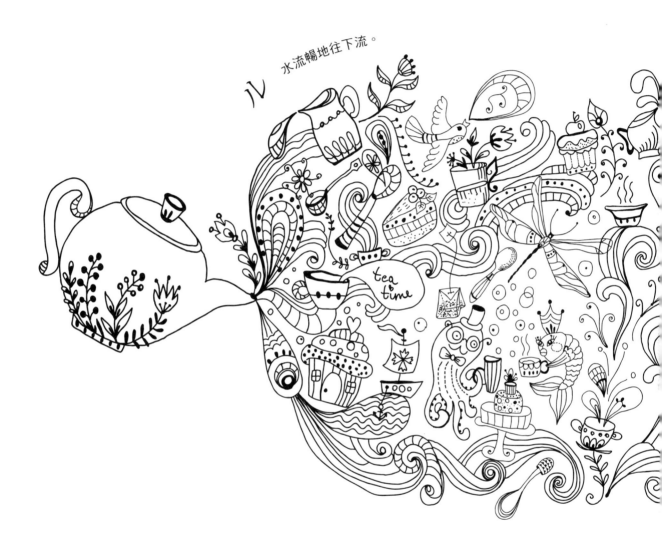

八 水流暢地往下流。

用豐富的祭品供奉神明，表示祭拜神明的禮節。

ろ・ロ

人的背骨相連在一起。引伸為全體重要的部分。

和 ▸ 私 ▸ わ

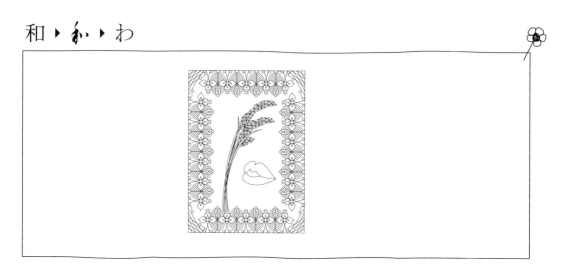

遠 ▸ 逺 ▸ を

无 ▸ 无 ▸ ん

STEP 1 這些字源聯想源想下找找會藏在哪裡？

答案請看「STEP6」解答

和 ▶ 和 ▶ ワ

乎 ▶ 乎 ▶ ヲ

尔 ▶ 尓 ▶ ン

わ・ワ

稻禾輕柔隨風飄，再加上一個「口」。表示親切、溫和地說話。有「柔和、和平」之意。

を

「袁」是很長的意思，表示綿延不斷的道路。有「很遠」的意思。

ヲ

手柄彎曲的斧頭，再加上「小」表示「小柄」。
後來借用成感嘆、疑問的助詞。

ん

「無」的古字。像不像天真無邪的小孩呢！

ン

原字是「爾」。是紡紗車的形狀。後來借用成代名詞「你」等。

三角形標示處要平行往左下撇

兩筆畫要空開些

❶ 45°往右下寫，❷收筆時要往左下撇

❷往右上，停一下再往左下一筆寫完，不勾

❷垂直往下，兩折再畫半圓。❸ 45°往右下點

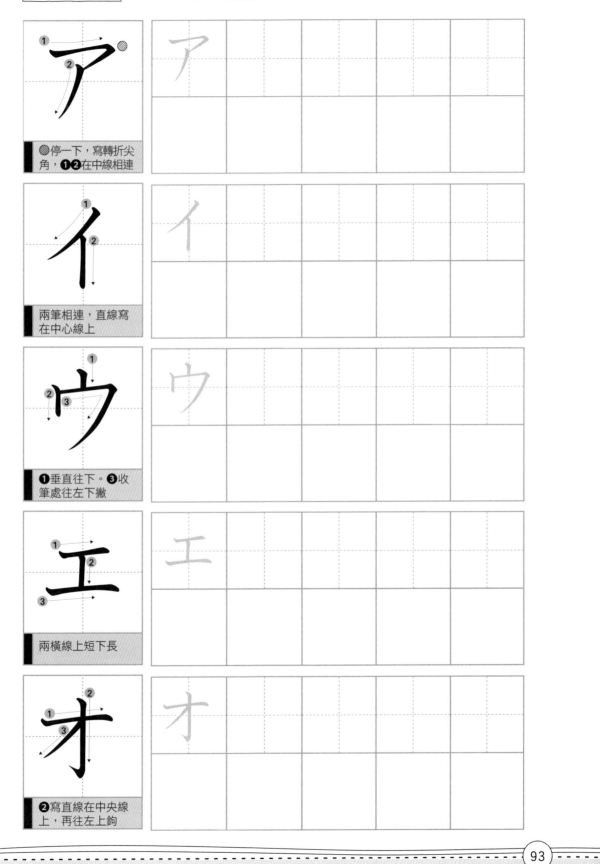

◎停一下，寫轉折尖角，❶❷在中線相連

兩筆相連，直線寫在中心線上

❶垂直往下。❸收筆處往左下撇

兩橫線上短下長

❷寫直線在中央線上，再往左上鉤

此字像打開的傘。
◎處要空開

❶❷平行往右上寫。
❸往右下斜寫再左勾

開頭與結束在同一垂
直線上。轉折在中間

❶往下寫弧線再勾。
❸往下直寫再左撇

兩筆同長平行，往右
下的弧線。中間空開

❶收筆處要 45°往左
上勾。◎轉折近直角

❶❷平行往右上寫。
❸往右下斜寫

❶❷往左下撇的兩
筆畫要平行

❸在❷中間往左下
撇。❶❸兩筆平行

❶轉折處近 90°。❶
❷橫線等長

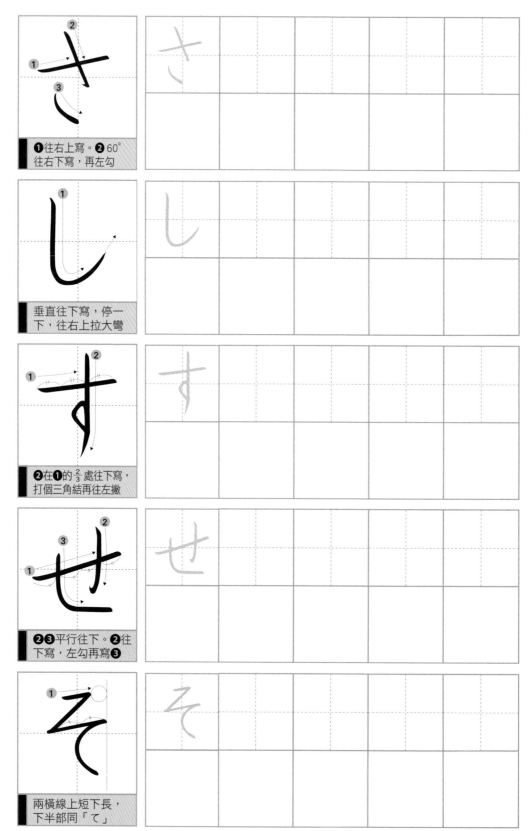

❶往右上寫。❷60°
往右下寫，再左勾

垂直往下寫，停一
下，往右上拉大彎

❷在❶的 $\frac{2}{3}$ 處往下寫，
打個三角結再往左撇

❷❸平行往下。❷往
下寫，左勾再寫❸

兩橫線上短下長，
下半部同「て」

サ
❷比❸短。❸垂直
往下寫。再向左撇

シ
❶❷兩點平行往右
下點，❸往右上撇

ス
❶❷在中心點相接。
◎停一下

セ
❶往右上寫。◎是 45°
轉折。❷轉折處近直角

ソ
❶❷一樣高。
❷ 45°往左下撇。

た行　STEP 3　練習寫假名

た

❶往右上。❷往左下。❸❹是兩條橫線

ち

下方像畫一個蛋，寫法如小的「つ」

つ

往右上寫，轉一個大彎，再 45°往左撇

て

往右上寫，停一下，再往左下畫半圈

と

兩筆要銜接住。❷如口向右的半圓形

タ

①②同為 45°往左撇。
③不可超出②斜線

チ

②比①長。③往下
直寫後要微微左撇

ツ

①②平行往右下點，
③往左下撇

テ

①②平行上短下長，③
中間起筆，與②相連

ト

①②相連，②在①的
⅓處 45°往右下點

❸ 45°向右下斜點。❹
往下直寫再打三角結

な

❷往右上❸往右下，都
在中線右邊，要空開

に

❷往左下，再兩折。
寫「つ」再繞圈

ぬ

❷右上寫，再兩折，
往下直寫再打三角結

ね

向左下，一折再畫半
圓。頭尾都在中心線

の

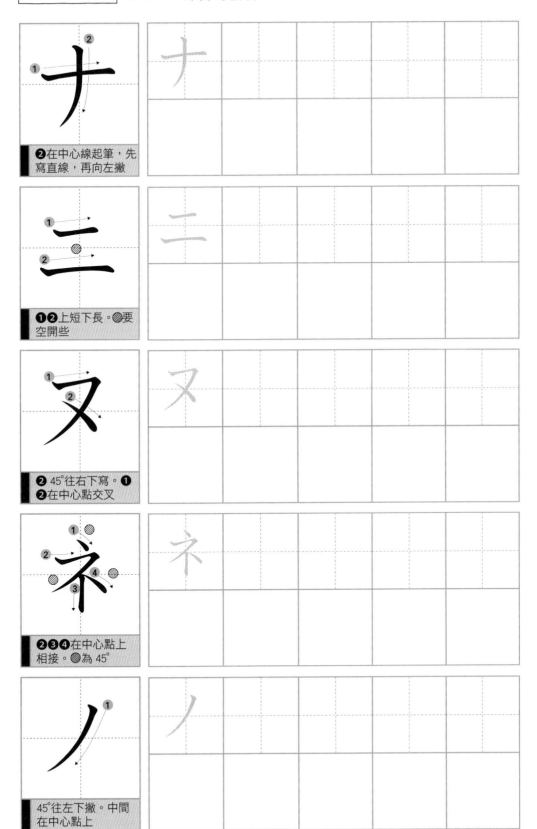

❷在中心線起筆，先
寫直線，再向左撇

❶❷上短下長。◯要
空開些

❷45°往右下寫。❶
❷在中心點交叉

❷❸❹在中心點上
相接。◯為45°

45°往左下撇。中間
在中心點上

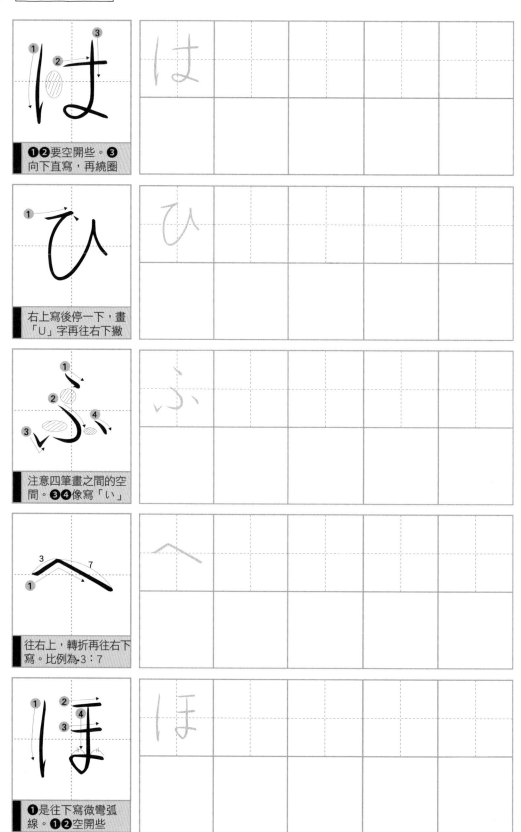

❶❷要空開些。❸
向下直寫，再繞圈

右上寫後停一下，畫
「U」字再往右下撇

注意四筆畫之間的空
間。❸❹像寫「い」

往右上，轉折再往右下
寫。比例為3：7

❶是往下寫微彎弧
線。❶❷空開些

ハ

❶❷一樣高，左右對稱

ヒ

❶往右上寫❷轉折處接近直角，收筆不勾

フ

往右寫橫寫，接著往左下撇，撇要超過中線

ヘ

轉折處在中線左邊

ホ

❷在中線上。◎同寬，❸❹不可與❶❷相連

ま

❶比❷長。◎處要同寬

み

❶❷往左的筆畫要平行。❷往左下寫斜線

む

❷往下直寫，打三角結，再寫「U」

め

◎一樣寬。❷左下寫，轉兩折再寫「つ」

も

◎一樣寬。❶往下直寫，再寫「し」

マ行　STEP 3　練習寫假名

マ
❶在中線收筆，❷和❶相連

ミ
三條線一樣的距離、角度，但❸較長

ム
❶中線起筆，❶❷相連

メ
❶❷交叉在中心點

モ
❶❷上短下長

❶收筆處要往左下勾。◎一樣寬

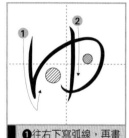

❶往右下寫弧線，再畫大彎。◎左比右寬

❶往右上寫短線。❷垂直往下，再左繞圈

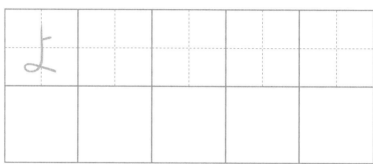

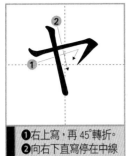

❶右上寫，再45°轉折。
❷向右下直寫停在中線

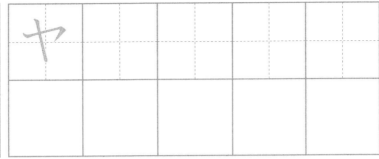

❶❷要相連

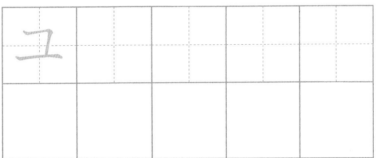

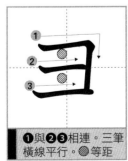

❶與❷❸相連。三筆
橫線平行。◎等距

① ②

ら

❶右下點再左勾。❷跟
「ち」兩字下半部一樣

① ②

り

❶是❷的一半長。❷
往下寫到一半再左撇

①

る

下半部先寫「つ」再
畫三角，收筆在中線

①
②

れ

❷往右上寫，折兩
次，最後寫「し」

①

ろ

下半部跟「つ」一
樣，像含一顆蛋。

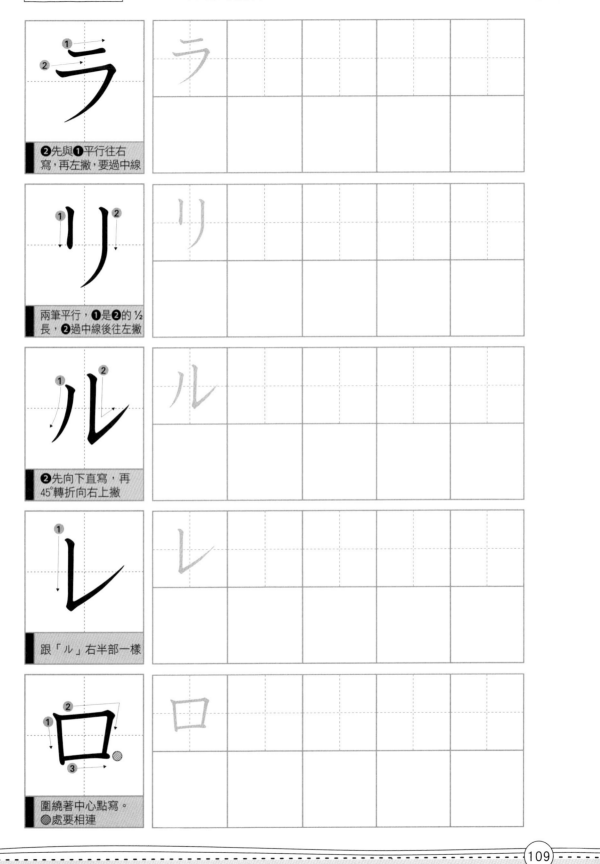

❷先與❶平行往右
寫，再左撇，要過中線

兩筆平行，❶是❷的 ½
長，❷過中線後往左撇

❷先向下直寫，再
45°轉折向右上撇

跟「ル」右半部一樣

圍繞著中心點寫。
◎處要相連

わ行 | STEP 3 練習寫假名

❷往右寫，折兩次，
最後再寫「つ」

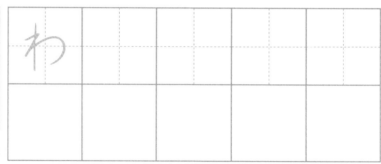

❷往左下 45°，再
90°轉折向下直寫

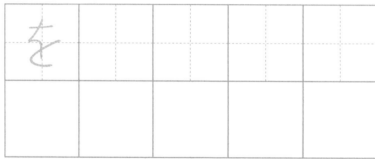

撥音 | STEP 3 練習寫假名

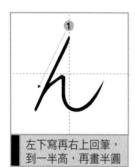

左下寫再右上回筆，
到一半高，再畫半圓

ワ行　STEP 3　練習寫假名

注意❶❷相連，跟「ウ」下半部一樣

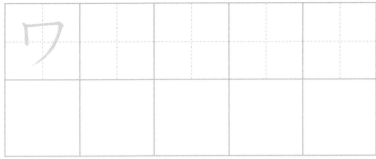

❶❷橫線要平行，且要在中線上方。注意筆順

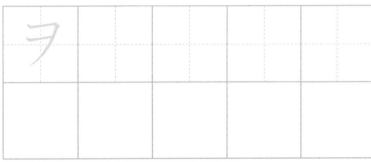

撥音　STEP 3　練習寫假名

❶ 45°往右下點，❷較長，45°往左上撇

が

ぎ

ぐ

げ

ご

ガ

ギ

グ

ゲ

ゴ

ざ

じ

ず

ぜ

ぞ

ザ

ジ

ズ

ゼ

ゾ

だ

ぢ

づ

で

ど

ダ

チ

ツ

デ

ド

ば

び

ぶ

べ

ぼ

バ行

STEP 4 濁音練習

バ					
ビ					
ブ					
ベ					
ボ					

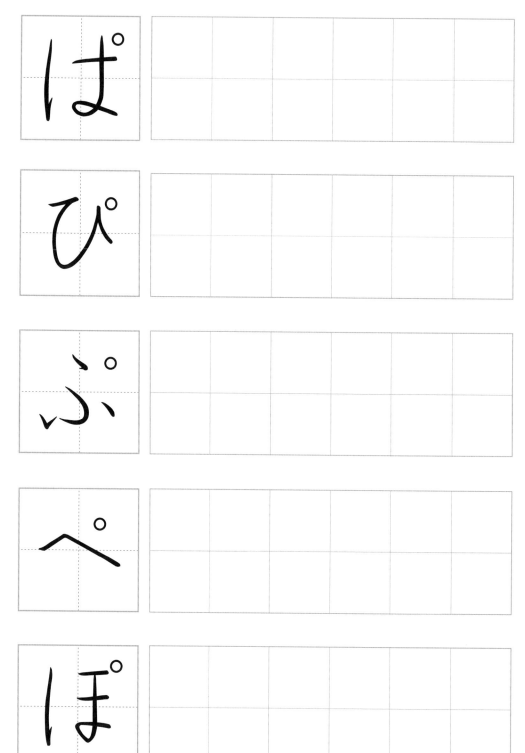

ぱ

ぴ

ぷ

ぺ

ぽ

パ

ピ

プ

ペ

ポ

あ行

安 ▶ あ ▶ あ

女人靜靜地坐在家裡！看起來很安心吧！所以是「安穩、和樂」囉！

以 ▶ ゐ ▶ い

人拿著東西，有「用…」的意思。只是，不知道要幹什麼呢！

宇 ▶ 宇 ▶ う

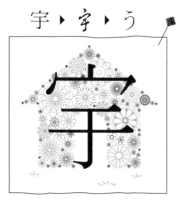

一個家的屋簷，好溫馨喔！「屋內、家」的意思呢！

衣 ▶ ゑ ▶ え

原來是衣服的領子呢！好記吧！意思是「衣服」喔！

於 ▶ お ▶ お

這可是烏鴉的形狀呢！用在感嘆的時候。

ア行

阿 ▸ 阿 ▸ ア

山或河岸彎彎曲曲的地方喔！
是「彎曲處」的意思。

伊 ▸ 伊 ▸ イ

人拿著棒子，本來是長官之意。
又變成「他」的意思。

宇 ▸ 宇 ▸ ウ

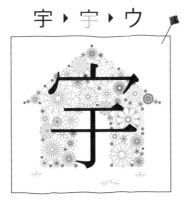

一個家的屋簷，好溫馨喔！「屋
內、家」的意思呢！

江 ▸ 江 ▸ 工

貫穿陸地的大川。

於 ▸ 於 ▸ オ

這可是烏鴉的形狀呢！用在感嘆的時候。

か行

加 ▶ か ▶ か

「力量」加上「口才」也就是很會說話啦！「加上」的意思。

幾 ▶ 箋 ▶ き

人差點被戈砍到了，「絲」是差一點的意思。哇！好險！本來是「預感」。後來是「接近」的意思呢！

久 ▶ ㄑ ▶ く

人被後面的東西拉住，停在那裡。「很久」的意思。

計 ▶ け ▶ け

把分散的東西，集中在一起計算，再進行說明。「計算」之意。

己 ▶ 己 ▶ こ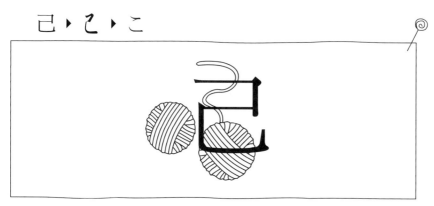

哇！線團自己跑出線頭來啦！本意是「開始」轉變成「自己」的意思。

力行

加 ▸ 加 ▸ カ

「力量」加上「口オ」也就是很會說話啦！「加上」的意思。

幾 ▸ 幾 ▸ キ

人差點被戈砍到了，「絲」是差一點的意思。哇！好險！本來是「預感」。後來是「接近」的意思呢！

久 ▸ 久 ▸ ク

人被後面的東西拉住，停在那裡。「很久」的意思。

介 ▸ 介 ▸ ケ

人在「八」的中間。所以就有「隔開」、「介入」的意思囉！

己 ▸ 己 ▸ コ

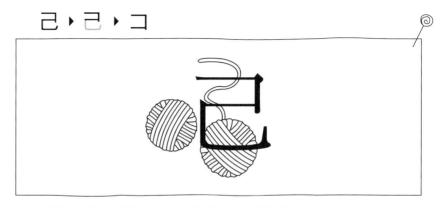

哇！線團自己跑出線頭來啦！本意是「開始」轉變成「自己」的意思。

さ行

左 ▸ さ ▸ さ

人左手拿著工具。有「左邊」
和「輔佐」的意思。

之 ▸ し ▸ し

像人往前走的腳印。借用為
「的、這個」之意。

寸 ▸ す ▸ す

伸出手來把脈。後來變成長度
的單位。

世 ▸ せ ▸ せ

三個十年，下面用線連起來。
三十年的意思囉！

曽 ▸ そ ▸ そ

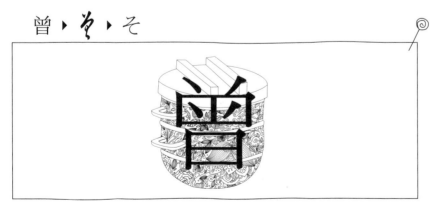

蒸籠疊在一起。有「覆蓋、重疊」的意思。

サ行

散 ▸ 散 ▸ サ

手拿著竹子切開。本來是「分裂」。引伸成「分散」。

之 ▸ 之 ▸ シ

像人往前走的腳印。借用為「的、這個」之意。

須 ▸ 須 ▸ ス

哇！是長滿鬍子的臉呢！原來是「鬚」字。被借用成「等待」喔！

世 ▸ 世 ▸ セ

三個十年，下面用線連起來。三十年的意思囉！

曽 ▸ 曽 ▸ ソ

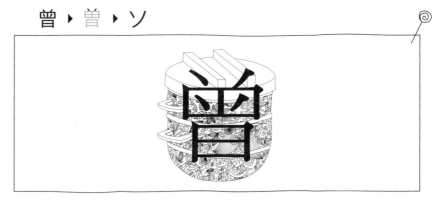

蒸籠疊在一起。有「覆蓋、重疊」的意思。

た行

太 ▶ た ▶ た

兩個大人在一起,就是「很大」囉!

知 ▶ 知 ▶ ち

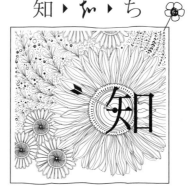

正中目標,又能說得準確。就表示能「明白、理解」了。

川 ▶ 州 ▶ つ

陸地上有水在流的樣子。

天 ▶ て ▶ て

一個人「大」字擺開,上面有「一」畫,表示天。意思是「最上、最高」。

止 ▶ 止 ▶ と

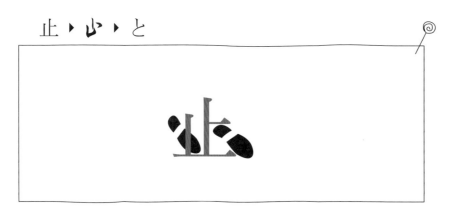

形狀像腳印,腳印停在那裡。就是「停止」囉!

タ行

多 ▸ 多 ▸ タ

好像兩塊牛排疊在一起,看起來是不是「很多」呢?

千 ▸ 千 ▸ チ

「十」上面加上「一」就是千了。

川 ▸ 川 ▸ ツ

陸地上有水在流的樣子。

天 ▸ 天 ▸ テ

一個人「大」字擺開,上面有「一」畫,表示天。意思是「最上、最高」。

止 ▸ 止 ▸ ト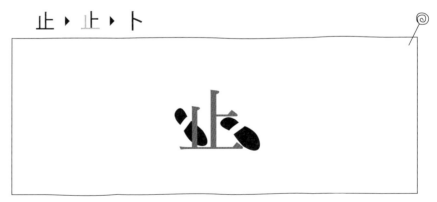

形狀像腳印,腳印停在那裡。就是「停止」囉!

な行

奈 ▸ 奈 ▸ な 💛

「奈」是蘋果類的樹，牛頓看
蘋果掉下來，產生了疑問。

仁 ▸ 仁 ▸ に

一個「人」，再加上像父母疼
惜孩子的樣子「二」，表示人
與人「相親相愛」呢！

奴 ▸ ぬ ▸ ぬ

女人用手在工作，像不像三從
四德的女人。那就是「順從」
了。

祢 ▸ 祢 ▸ ね ✹

人跪在神明前面，跟神這麼靠
近。於是就有「順天意」之意
囉！

乃 ▸ 乃 ▸ の

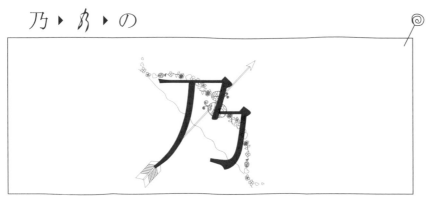

弓箭的弦鬆掉了，好像有什麼話要說。於是借用成「也就是說」啦！

STEP 6 解答

ナ行

奈 ▸ 奈 ▸ ナ

「奈」是蘋果類的樹，牛頓看蘋果掉下來，產生了疑問。

仁 ▸ 仁 ▸ 二

也可以這麼想，有二個人在那裡。

奴 ▸ 奴 ▸ ヌ

女人用手在工作，像不像三從四德的女人。那就是「順從」了。

祢 ▸ 祢 ▸ ネ

人跪在神明前面，跟神這麼靠近。於是就有「順天意」之意囉！

乃 ▸ 乃 ▸ ノ

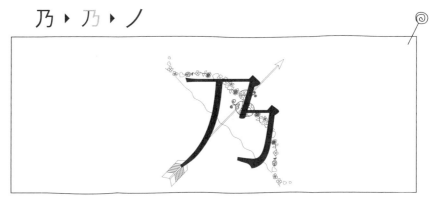

弓箭的弦鬆掉了，好像有什麼話要說。於是借用成「也就是說」啦！

131

は行

波 ▶ 皮 ▶ は

傾斜的水面。這裡的「皮」本來是「頗」，有傾斜的意思。

比 ▶ ハヒ ▶ ひ

兩個人站在一起，看誰比較漂亮。所以有「並列、比較」的意思囉！

不 ▶ ふ ▶ ふ

花房膨脹得太厲害了，那就不好啦！所以「否定的助詞」都用它。

部 ▶ 彡 ▶ へ

佃農跟地主分得一些土地，好辛苦喔！因此，有「部分」「區分」之意。

保 ▶ 泻 ▶ ほ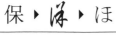

人背著小孩。很明顯的，就是「養育」囉！

八行

八 ▸ 八 ▸ ハ

兩個背對背的人,要「分開」
啦!後來借用成數字「八」。

比 ▸ 比 ▸ ヒ

兩個人站在一起,看誰比較漂
亮。所以有「並列、比較」的
意思囉!

不 ▸ 不 ▸ フ

花房膨脹得太厲害了,那就不
好啦!所以「否定的助詞」都
用它。

部 ▸ 部 ▸ へ

佃農跟地主分得一些土地,好
辛苦喔!因此,有「部分」「區
分」之意。

保 ▸ 保 ▸ ホ

人背著小孩。很明顯的,就是「養育」囉!

ま行

末 ▶ 末 ▶ ま

樹木最上面的部分。不用說那就是「樹梢、末端」啦！

美 ▶ 美 ▶ み

「羊」跟「大」，可是肥美的羊呢！用它來拜神是最好不過了。所以是「好、美」的意思呢！

武 ▶ む ▶ む

武士拿著武器往前走，哇！要打仗了！是「武力」的意思。

女 ▶ め ▶ め

一個女人靜靜地在那裡。「女人」的意思。

毛 ▶ 毛 ▶ も

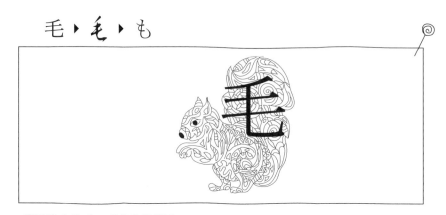

獸類身上的毛，毛茸茸的樣子。

マ行

末 ▸ 末 ▸ マ

樹木最上面的部分。不用說那就是「樹梢、末端」啦！

三 ▸ 三 ▸ ミ

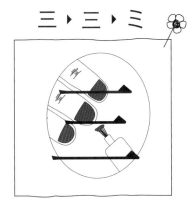

三根手指頭。

牟 ▸ 牟 ▸ ム

「ム」是牛的叫聲，叫得好大聲喔！好像要什麼呢！有「獲取」的意思。

女 ▸ 女 ▸ メ

一個女人靜靜地在那裡。「女人」的意思。

毛 ▸ 毛 ▸ モ

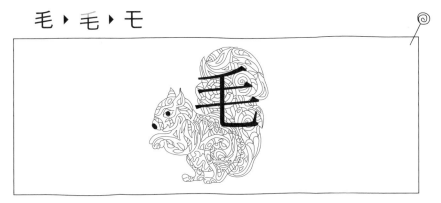

獸類身上的毛，毛茸茸的樣子。

や行

也 ▸ や ▸ や

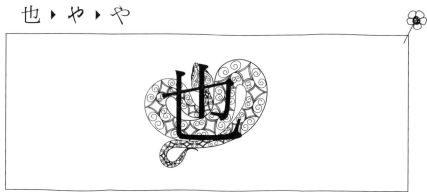

像蛇的形狀。借用成疑問、感嘆的用詞。

由 ▸ ゆ ▸ ゆ

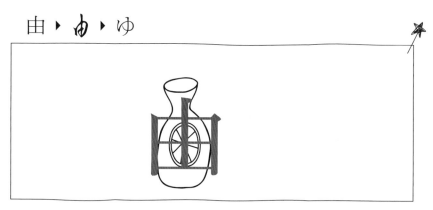

脖子很細的酒壺。後來被借用成為「理由」的意思。

與 ▸ 与 ▸ よ

幾個人雙手往上抬,還一邊吆喝著,好熱鬧喔!表示「共事」,轉為「給予」的意思。

ヤ行

也 ▸ 也 ▸ ヤ

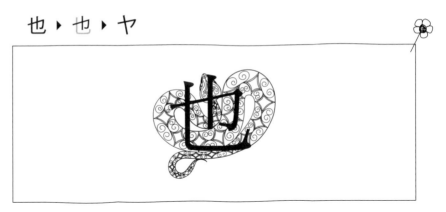

像蛇的形狀。借用成疑問、感嘆的用詞。

由 ▸ 由 ▸ ユ

脖子很細的酒壺。後來被借用成為「理由」的意思。

與 ▸ 與 ▸ ヨ

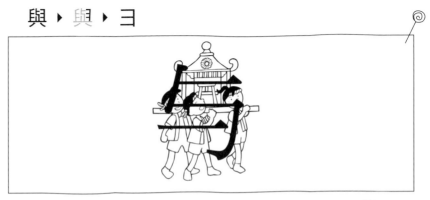

幾個人雙手往上抬,還一邊吆喝著,好熱鬧喔!表示「共事」,轉為「給予」的意思。

良 ▸ 戻 ▸ ら

穀類經過篩子篩選過,可以選出更好的呢!有「更好」的意思。

利 ▸ 利 ▸ り

拿著鐮刀在田裡耕作,收成一定很好囉!所以有「銳利」跟「有益」之意呢!

留 ▸ 留 ▸ る

把田地圍起來,「卯」是圍繞。這樣就可以長久的保留起來。所以是「停留、保留」的意思。

礼 ▸ 礼 ▸ れ

用豐富的祭品供奉神明,表示祭拜神明的禮節。

呂 ▸ 呂 ▸ ろ

人的背骨相連在一起。引伸為全體重要的部分。

ラ行

良 ▸ 良 ▸ ラ

穀類經過篩子篩選過,可以選出更好的呢!有「更好」的意思。

利 ▸ 利 ▸ リ

拿著鐮刀在田裡耕作,收成一定很好囉!所以有「銳利」跟「有益」之意呢!

流 ▸ 流 ▸ ル

水流暢地往下流。

礼 ▸ 礼 ▸ レ

用豐富的祭品供奉神明,表示祭拜神明的禮節。

呂 ▸ 呂 ▸ ロ

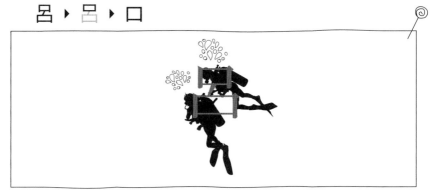

人的背骨相連在一起。引伸為全體重要的部分。

わ行＋撥音

和 ▸ 和 ▸ わ

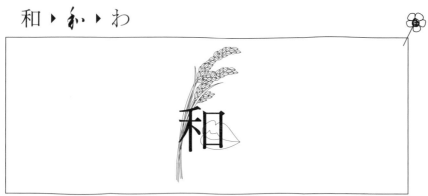

稻禾輕柔隨風飄，再加上一個「口」。表示親切、溫和地說話。有「柔和、和平」之意。

遠 ▸ 遠 ▸ を

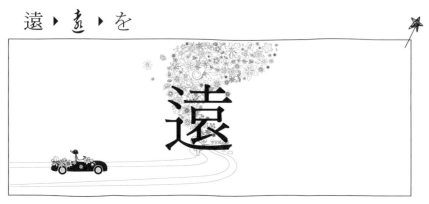

「袁」是很長的意思，表示綿延不斷的道路。有「很遠」的意思。

无 ▸ 无 ▸ ん

「無」的古字。像不像天真無邪的小孩呢！

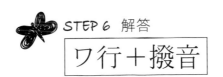
ワ行＋撥音

和 ▶ 和 ▶ ワ

稻禾輕柔隨風飄，再加上一個「口」。表示親切、溫和地說話。有「柔和、和平」之意。

乎 ▶ 乎 ▶ ヲ

手柄彎曲的斧頭，再加上「小」表示「小柄」。後來借用成感嘆、疑問的助詞。

尓 ▶ 尓 ▶ ン

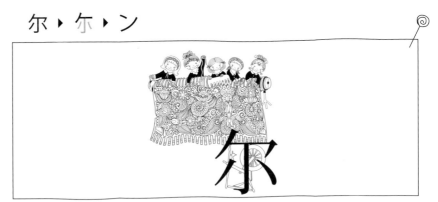

原字是「爾」。是紡紗車的形狀。後來借用成代名詞「你」等。

■著者
西村惠子

■設計‧創意主編
吳欣樺

■發行人
林德勝

■出版發行
山田社文化事業有限公司
106 臺北市大安區安和路一段 112 巷 17 號 7 樓
電話　02-2755-7622
傳真　02-2700-1887

■郵政劃撥
19867160號　　大原文化事業有限公司

■總經銷
聯合發行股份有限公司
新北市新店區寶橋路 235 巷 6 弄 6 號 2 樓
電話　02-2917-8022
傳真　02-2915-6275

■印刷
上鎰數位科技印刷有限公司

■法律顧問
林長振法律事務所　林長振律師

■出版日
2015年11月 初版

■定價
新台幣249元

■ISBN
978-986-246-429-8